獨角的誕生

陳威宏——著

推薦序

祈福與尋夢

李瑞騰（國立中央大學中文系教授，兼人文研究中心主任、
中大出版中心總編輯）

現代新詩，如不論篇幅長短，或題材類別，大概只有兩種：一種是分行，一種是不分行。前者是一般形態，後者是散文體。

散文體新詩，即所謂「散文詩」，在臺灣已是源遠流長，最早是商禽、管管、秀陶等遷臺第一代詩人，繼起的是林煥彰、蘇紹連、白靈、杜十三、渡也等，其後當然有更新世代的詩人試寫這個詩類。李長青曾編《躍場：台灣當代散文詩詩人選》（臺北：九歌，二〇一七），選了二十三位詩人的散文詩作，青壯輩學者詩人陳巍仁、解昆樺在序言中考索此詩類，述其起源與流變，論其特徵，富參考價值。

威宏將出版他的第三本詩集《獨角的誕生》，我在他編好的詩稿中發現有十二首〈空間練習〉，形式都是散文詩，分散在四輯中。為此，我翻查了他前二本詩集：《夢遊幻境：我的隱形花園》（臺北：秀威，二〇一七）、《我愛憂美的睡眠》（臺北：秀

威，二〇一八），散文詩分別是五首和四首。我在想，對於這樣一個詩之類型，威宏從偶一為之到看似有意經營，給讀者一個很大的想像空間。

我上網發現二本近年出版以「空間練習」為名的書，一本日譯中的《空間練習》（臺北：積木文化，二〇一三），是引導建築系學生尚未進入專業建築領域之前，領略空間美妙與建築樂趣的一本書。另一本是龐銚《空間練習題》（臺北：大田，二〇一六），寫她如何設計或改造空間，如何理解並分享空間。

威宏這十二首〈空間練習〉，主要是經由「我」對「你」的敘說來呈示空間，但他看來並不是想寫特定的空間，譬如〈空間練習之一〉，有雲有日有星光，有莽原有獅子有戰爭，我覺得威宏要寫的是莽原歷經戰爭的變異，其中有死亡、恐懼與哭泣，而歷史，永遠都不是目擊。〈空間練習之二〉有海有浪有船有防波堤，寫的應是變調的愛。〈空間練習之十一〉有秀氣森林，〈空間練習之十二〉有孤獨的火山灰和沙灘，寫的無非也是人在其中的互動狀況。我的詮解不一定正確，威宏散文詩的情節性不強，意象跳躍，中心意旨必須努力探求才能彰顯出來。

祈福是因為有恐懼，尋夢是因為現實太殘酷，傳說中純潔的獨角獸，牠銳利的角有著奇異魔力，但那在現實中是不存在的，因之只能幻化成一頭低首飲水的獨角獸，然而，「輪廓線模糊，仰起，盡是無明之魅危繞」；而夢總「翩然到臨與遠逝」，「現實才是破碎的碗」，威宏說：「究竟鬼生夜闌，詩寫不盡人間疤痕？」

威宏的心思太細太密，如一張又一張的網。一根一根的線，或繩索，原就彎彎曲曲，再纏來繞去，密密麻麻的。他期待「獨角」的誕生，解毒，而且治病。

歲次庚子，詩人節於臺北

推薦序

陳威宏的夢的詩學

胡爾泰（詩人、國立臺灣師範大學退休教授、清雲科技大學教授）

臺灣優秀青年詩人陳威宏繼《我愛憂美的睡眠》之後，又推出另一本詩集《獨角的誕生》，真是詩思泉湧，欷歟盛哉！他的詩風晦澀，不易瞭解，這是因為他意念跳脫很快，又喜造新詞，句讀和分行獨特所致。受到西方吳爾芙的影響，也使得他的詩風有別於臺灣其他詩人。從陳威宏的某些詩句當中，可以管窺他是以寫詩為安身立命之所在，勤書不輟的。「想起最後的寓所那是我／文字的河……也請敲擊我，領我捨凡入聖／在深沈的脈絡中問候／回到我唯一的國度」（〈離人〉），「我願裸足／沿街跳舞，回到我最後純淨的家」（〈黃昏野餐〉），「那些詩的撫摸／來自折磨的問號減速／是我膚淺，在歸還人生前／努力不下百次的練習」（〈任性的質感〉），「通往窗，百合的航行／也通往我銀河琉璃色的夢……」（〈重新定義一隻螞蟻〉）。這些詩句都反映了威宏於詩的執著與肯定。

對於詩人來說，夜晚是寫詩的時刻，也是做夢的時分（雖然有時會做白日夢），如此一來，詩與夢之間有了聯結，因「夜」之鏈而聯結。在詩人看來，夢境是一片森林（〈嫌疑犯自白書〉云：「或許夢的森林還能前往」）。夢也是非邏輯的、沒有規律的，這正好給了詩人的想像力很大的馳騁空間，誠如〈祈夢記〉一詩所云：「夢規律易碎一剎那孢子的漫遊——／經歷，如真如擬／像詩人獨自對空曠的池理解」。如真似幻的夢讓莊子思考自身的「存在」問題，也讓陳威宏思考人生的重量與本質：「回到顛撲不破的夢／回到反覆病或痊癒的床榻／我身珍貴，能計數人生虛妄的重量／如在水裡沈思／小心翼翼的呼吸／猶幻變著無盡世的面相」（〈暫留〉）。

人生如夢是一般人的感慨，詩人詞家尤其敏感，為此寫下一系列動人的詩篇，陳威宏亦是如此。而在他《獨角的誕生》這本詩集當中，將人生、夢與詩三者綰合在一起的詩作，莫過於〈幾度蕉鹿夢〉、〈重新定義一隻螞蟻〉、〈祈夢記〉和〈夢河無悔〉這四首（尤其是前三首）。〈幾度蕉鹿夢〉這首詩表現各種夢境以及夢與醒的辯證關係。「蕉鹿」這個典故指涉獵人得鹿又失鹿的故事，比喻人生的得失無常。〈重新定義一隻螞蟻〉一詩暗喻創作之辛苦以及詩人的獨特性。「螞蟻」是詩人的隱喻，與〈留人〉和〈車行至熊本已夜〉兩詩出現的螞蟻，形成「互文性」（intertexuality）的關係。〈祈夢記〉雖云祈求好夢，實際上也在談詩的創作。這首詩末節出現的「掌紋」，在《我愛憂美的睡眠》詩集的〈月夜：牧羊人〉與〈敏感〉兩詩中也曾出現過，呈現另一種「互文性」（transtexuality）的關係，它一方面隱喻年歲的增加，另一方面象徵創作的辛苦。〈夢河無悔〉一詩也是表達一生從事詩創作之無悔。寫詩雖然辛苦，有時又會「招罪」，但總是會留下一些「證據」給世人。

以上這四首詩作除了涉及「夢」和「詩」兼及人生的省思之外，它們之間還有一些共同的意象和隱喻：

（一）雨：雨聲很像鍵盤打字的聲音，因此在威宏的詩當中，雨便成了創作的隱喻。這不僅從〈幾度蕉鹿夢〉、〈重新定義一隻螞蟻〉和〈夢河無悔〉這三首中可以看出，也可從〈雨在我額頭上反抗〉一詩中看出端倪。〈幾度蕉鹿夢〉第五節云：「淅瀝的雨／窮盡一幕幕困難／驅逐／緊繫好的夢」，不僅在說夜雨破壞了好夢，也比喻偶來的創作靈感使夢醒來。〈重新定義一隻螞蟻〉第二節云「雨水也穿戴好身上／那是刻寫冒險者名字的地圖」，暗喻創作的艱險。〈夢河無悔〉詩云：「謎語是信手拈來／雨一星期，慰藉我……河岸線稍縱即逝／解釋指尖或一枚砂礫／以詩審美，錯估，我們的韻莫不白的灰的」，表示創作不輟，也暗喻詩（學）與美（學）的分野。

（二）銀河或宇宙：夢超越現實，遨遊太虛。〈重新定義一隻螞蟻〉詩云「通往我銀河琉璃色的夢」，就是詩人開始進入每一夜的寫作之夢。〈祈夢記〉第一節云：「一階，走，不過一瞬／時間為我們打造額頭的炭墨／鹹或苦澀鱗的腐朽／結束一場鏽蝕的銀河」，暗示人生一個階段、一場夢的結束，只是「額頭的炭墨」

〈老年的隱喻〉「鱗的腐朽」（表示腐敗無所得）。〈夢河無悔〉一詩的「宇宙」呼應〈重新定義一隻螞蟻〉和〈祈夢記〉的「銀河」，也與〈離人〉所云：「所以丟失眼和夢的鑰匙／步履緩慢，但懷抱著希冀／在無窮宇宙裡演繹」，呈現互文性。

（三）霧或白色：以霧來形容夢境，是十分貼切的。〈幾度蕉鹿夢〉第二節云：「且慢掀開夢來／真的左假了，假的右真了／一，回歸白，也是千百的燦爛」，其中雖然沒有出現「霧」這個字，但是，「白」也讓我們聯想到虛白如霧的夢境，在夢境裡真假是很難分辨的。在這裡，詩人除了用對比之外，也玩了拆字、組字遊戲：「一」加上「白」構成了「百」。〈祈夢記〉詩云：「霧的質地伏流／清晨蜉蝣的心皆不可說」，言霧一般的夢境神祕不可測，詩境也很難用文字表達。〈夢河無悔〉詩云：「這次你要擦去我的汗／輕微的可能，宇宙是你留下／證據——白色，就在霧成為霧之前」，這有點費解的詩句，從〈暫留〉一詩可獲得蛛絲馬跡的答案。〈暫留〉第二節說：「暫且保留紀念日／還原雲不過／漂浮，不過千萬滴水氣的聚合／還原雨，非悔悟的幡／我不過汗不過晴空輕喚的咒語」，在這裡，「汗」、「雨」和「我」變成了意義相通的語彙，都與詩創作有關。

法國思想家Gaston Bachelard在《夢想的詩學》一書中提到，夢想（rêverie）是一種自然的精神現象，不能視之為「夢」（rêve）的衍化（劉自強中譯本，頁15），又說：

從詩的夢想到童年的夢想是宏偉的交流（同書，頁139）。相對於Gaston Bachelard的夢想詩學注重記憶和想像的結合，注重「原型」（回歸童年的夢想），陳威宏的夢的詩學強調夢的如真似幻，得失不定，人生和詩的創作在本質上亦復如此（在這裡，我們想到了中國古人所說的「南柯一夢」、「黃粱夢」和「蕉鹿夢」）。但是，詩能將夢幻與回憶凝聚在一起，兩人的看法是近乎一致的。

文學博士　胡爾泰　書寫

於二〇二〇年三月瘟疫仍蔓延時

名家推薦語

文學是魂魄對世界的探問卜詢，在文字的象形龜裂成詩之時。與我們同齡的鳥獸、矢車菊、松蟲草、雨過天青水窪，是生命象限內最微小的尺度，卻得以用來丈量時間伏流最廣袤層疊的分佈圖。

陳威宏在《獨角的誕生》一書裡，以語言出入夢境，見證夢境的再現或背離。以霧的透光玻璃勾勒詩人對外在虛相與內在實相的輪廓，透過詩人的指涉，我們終於在霧的鏡像窺視到存在於另一個相反方向的自己與世界。然而詩會持續奔馳，如獨角的野性生物；持續綿延，像孢子繁衍茂密的詞彙。

——姚時晴（詩人、《創世紀詩雜誌》執行主編）

《獨角的誕生》是修煉者，過敏者，通靈者的旅記。修煉於世界的缺陷與延遲，過敏於日常的甜土與惡地，通靈在意義與身體之間。誕生也對應凹陷與虛空，威宏要以詩下錨，持續注視，頑抗，領受萬事萬物。散落佈置全書的〈空間習作〉，就埋藏的這樣的縱情偷盜與深情交換。埋伏在靈思、語言的焦慮與噴湧之下，是他所說「哀歌裡矜貴」、「墨色的瘀傷」——那樣貴重、慎重地寫與活。

——馬翊航（詩人、《幼獅文藝》主編）

詩人於目錄上的安排，留心者，可知這些冠於詩題之上詞彙，來源於該詩作的內文，明亮地像是閃著光芒的彈珠、詩意的索引、寶箱鑰匙、蜂巢之心。詩之深意，也因此於讀畢全詩時得到再一次翻轉、延伸之可能。威宏的《獨角的誕生》多以「空間」為核心，或指認、或跨域、或實或虛，領著讀者從一處幻境來到另一處幻境——古樸、中世紀、童話式。使我沉浸於其中，觀那詩句一再於「眉尖綻放一朵佝僂又昂揚的花」（〈夜降臨之後〉），只管欣賞與融入。

——崎雲（詩人）

威宏是一位讓我羨慕，甚至有些嫉妒的詩人同輩。詩人寫詩，往往一開始意興遄飛如有神助，但時日一久，經驗日深，卻容易躊躇猶豫，被自己設下的文字迷障所困。但威宏不僅創作能量驚人，有著豐沛的想像力與懾人的生命力，尤其讓我艷羨的是一種任縱的態度，不懼新舊，不為誰而寫，彷彿是一道永不褪去的魔粉，閃爍在磨礪心智的長短句中。比如寫夜色，他說：「夜色僕僕趕來，如果你是／最好的一顆月亮／也不要換裳。只消：掩飾偶然」，短短幾句用了太多當代詩人們可能會躲開的字詞，卻點石成金，獨造出了不同流俗的詩句。又如雨，威宏寫「一座悔色彩的陽台／與痛快無牽扯的衣服／用粗糙的時間顆粒摩擦我的手臂」，「悔色彩」一語太敢寫，既張狂又深邃，把時空都濃縮了。我寫詩，往往苦於眼高手低，畏首畏尾，看了威宏的詩集，才勾起那早被自己遺棄的、對詩最初的無畏姿態，它們也曾經像獨角，穿刺這平面的世界，為我折射出一道道彩虹。

——郭哲佑（詩人）

古典優雅的詩意，又不失追求詩的創造性，有些詩意與大自然的純粹融和，碰撞出另一個更為龐大的世界（或夢境），每次閱讀都讓我重新思考（或定義）詩在生命裡的位置。

——陸穎魚（詩人、詩生活書店店長）

為你貯藏一份初心。威宏如獨角獸，帶著美麗的夢痕，跋涉生命的流刑地，靜默深沈，如霧似幻，如夢裡說夢，似遠猶近，卻切中了我們那逃無可逃的心緒變化與時間無常。威宏的詩勾招生活又脫鉤日常，形成在與不在的夢語與現實感，此即其魅力，如溢滿嘆息的塵埃密室，耳語著永恆的初心微火，字劃過我們的眼，一瞬之光碇泊醒夢之間。獨角獸匍匐前來，為此初心可生可死，等待暗夜過去的一場苦痛蛻皮。為此，他守夜，以詩點燈。

——鍾文音（作家）

推薦序詩

意志的天使——序《獨角的誕生》

劉曉頤（詩人、中華民國新詩學會理事）

順著白夜的皺褶走下去，我能
走進你夢中最危細也
最纖楚的縫，我能懂你輾轉反側沒說出的謊
你白紙的靈魂——燃燒的百合

你用今天最後一筆詩行，預先撕碎
下一首詩霧斑的眉目
不給自己退路——
撕裂與求全之間，夢的版塊擠壓你五官
冰澷囁嚅，消波塊與小火熬煮的每一刻
都是你但你

發現了夢也有縫嗎
我要說那專屬於你唯你的夢有縫：
種種艱難裡的靈性瞬間
有你意志的天使

玻璃鳥，縫隙裡的天空
也有縫。你把泥濘與霧的一小片夜藏進去
彷彿穩妥地藏入冬衣口袋，握住
明天那首已被你撕碎的詩——
你說不惜重寫要重新流淚
「只是不捨那些在陽光下，微小，荒涼
被忽視的物事。」

百合就是如此燃燒的——
在你胸口和腿脛，邊飄浮邊燃燒
連你的手腳都是夢做的
一夜殉死過五千次，睡衣裡的鳥

隨心臟噗通鼓動——連乍死都那麼美
只因，屬於你白紙的靈魂
比誰都純潔。

側身於你夢中的縫隙，裂痕的冬天
我能呵氣小跑步——我的汗珠自你前額沁出
化為鹽。好友你看我們眼前
晶瑩滂沱，連黑曙色
都奮不顧身地預支不透光花果香調

我是薔薇屬的幽靈
病來病去的最後一滴，總是不怎麼像雨
因我啜飲的是天使的憂傷
——你是意志的天使

二〇二〇年三月廿六日

*「意志的天使」引自《獨角的誕生》。

自序

離開幻境的日子

犀角不能燒，燃之有異香，沾衣帶，人能與鬼通。——晉書

我是時常做夢的人。近日卻有整整一個月已是無夢狀態，正納悶自己去了哪裡？好友捎來消息，原來是入了好友的夢。我一個人帶著行李箱，說要去遠行。黑暗色澤的夢展示靈魂我，帶來深層難解的訊息，那個我是否比現世的自己，更真實地活在世上？當靈魂軀體合而為一時，我失去對夢的記憶。唯有可觀的，便是淬煉如夢囈咒語的詩。詩，對我來說，何嘗不是獨角的誕生？

明白此生勾魂攝魄的種種實相，也不過是侷限自我的內心圖形。我如何看待，眼前便如何顯示。這段路自覺走得艱辛萬分，然而過了便過，風景轉瞬遼闊，也難走回頭路。我不再糾結相同的苦痛。宛若新生。

誰能夠確信真理的存在？一首詩不過一次誠實的探問。每一次的解答，都只能說出

一半，另一半模糊不清卻蘊藏無比的力量。我以為是原地踏步，結果無論前進或後退，總算是離開泥淖。

一枚小小的修煉之果。

此刻我呵護它，下一刻便可棄捨。

我想確認是不是，沒有什麼不可棄捨的？

二〇二〇年六月廿四日

目次

輯二
是不是餘溫未退

輯三
盡頭。反芻遊戲的流體

輯四
複數心的依據

輯一

美，顫動的字面化

森林呢喃。神的確在其中。
我們不過記憶溫柔的剪影。

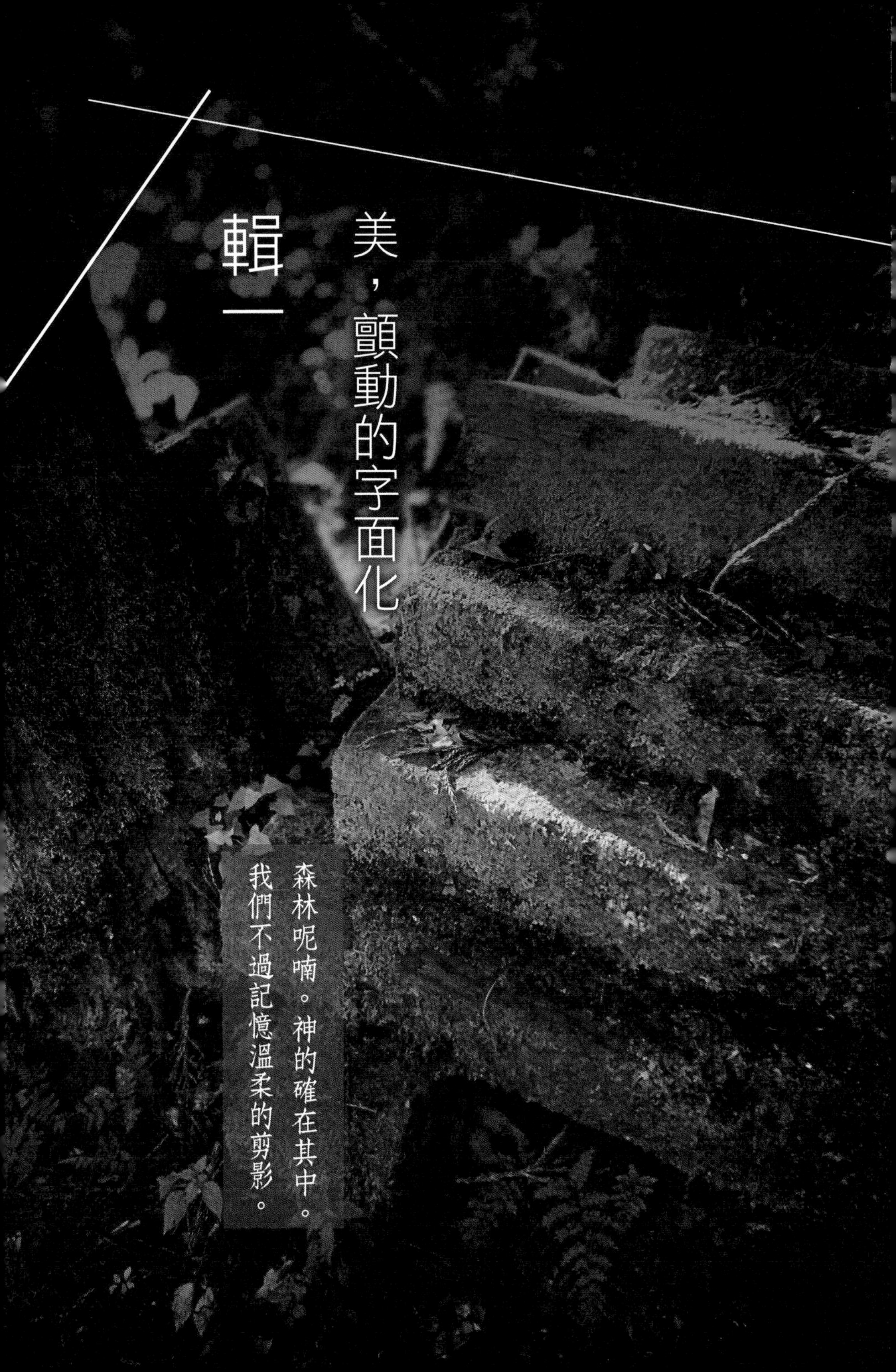

穿牆術

我們要開始
虛擬深刻的技術：模仿光
寰宇旅遊，塵灰的聚散
水無私滲透的流動
當他們拾起第一塊黑磚
建築謊言，陰影的密緻

若不能躲進矢車菊的花房
我們就再來過。風吹了別怕
繼續尋找路線
彼此在障礙裡搖曳
對應，索取芬芳

有一天不留下痕跡的
穿越，讓他們的傲慢驚佇
遇到熟人我們只微笑祝福
絕不打招呼

二〇一八年二月四日
《吹鼓吹詩論壇三十六號》
觀景窗・世界博物館專輯，第六十三頁

幾度蕉鹿夢

笑年來，蕉鹿夢，畫蛇杯。

——辛棄疾〈水調歌頭〉

◆

不用說話
讓我給予你溫暖
一座山，或是湖泊
綠的，純
吻，寧靜的覆蓋

且慢掀開夢來

真的左假了，假的右真了
一，回歸白，也是千百的燦爛

雲濃，載不動愁
仍為你貯藏一份初心

善的激躍奔騰
你便於將自己看作驛馬
縱橫天下，輕騎聘禮或公主嫁妝
遠遠向幸福奔去

◆◆

淅瀝的雨
窮盡一幕幕困難
驅逐
緊繫好的夢

你相信啞然的花
朵朵無語鑲嵌好悲劇
微醺的獵人
使你重拾哲學式思考

你以為暈病了
鹿的一生不過是漫長驚恐
認了錯，你如實醒來
從來沒有過的真正的
醒

二〇一八年十二月十一日
《創世紀詩雜誌》第二〇五期，第一〇一頁

空間習作之一

雲的筆跡深情，盜去了我幾張面孔。和諧的星期二我給了他輪廓，他還給我日照，波浪式牧歌的困惑。回到莽原之前，戰爭退下來，死亡是摒棄詮釋的武器，頌揚傳統與曖昧的號角。

包容一隻獅子懶呔的唐突，我有睡袋星光的寶座。幽靈潮濕著潮濕，飄忽的詩恐懼是：理想，沒有讓誰目擊了哭泣。

二〇一九年三月三日

《從容文學》第二十期，第二十頁

意識

「眾神默默，
……當你醒來時，曾否
聽到極樂鳥在窗外
拍翼飛過的聲音？」

——三毛，〈極樂鳥〉，《雨季不再來》

時間留下德布西，留下
陌生綿密的雲，留下我回返書桌
成為芸芸眾生的時刻
咀嚼過往煙塵並充分理解它的存在
龐大綿長的文字陣列
組織給歲月的送葬隊伍

我能走出雪地，遍地重言的泥濘
寫下這個詞：「意識。」

層層遞進的德布西，曾經相信
你的流動，來年不再錯過真實的一刻
太陽下淋過捨棄過的雨

二〇一八年一月八日
《從容文學》第十七期，第四十頁

然後我說

這個世界所有美好的事物都在流浪。

——濟慈

假如夢已是真，我是你
靜心等待整個世紀
彷彿，論述都還沒有開始——

還不是雪的反光，還不是
排列甚密易跌倒的石階
即使我乘風，也要代替你
去勾勒花開的輪廓
松蟲草，紫，美的無盡動容

找到最深的境地
歸途中象群踏出的山脊線
喧嘩的松樹林
記得讓祕密自說自話：

「還沒離開的便生陌寂一千丈
沉默，黑色剪影也
需要吻，把未知釐清
把空曠都填上彼此的腳印。」

美，可能是誤解
但我答覆：在我錯誤的骨骼裡
血要清澈如月光
以冷沁打底
學習承擔它一輩子

二〇一八年二月四日
《華文現代詩》第二十三期，第一三三頁

重新定義一隻螞蟻

通往窗，百合的航行
也通往我銀河琉璃色的夢……

下午二時四十分。我記得
赤裸的翅膀仍銀仍屬壯麗
灰階車廣場。沉默的放逐，絲線纏裹
雨水也穿戴好身上
那是刻寫冒險者名字的地圖

字句未存置疾病日誌
也未商量你我的生滅暗明
欸，它講述前塵無盡

或淹沒一條條前世的河流
無解。我們終究是
費盡一生也走不出一張紙

比喉嚨傻的不過沙漠
比踝骨狠的仍是告罄的假期
思想：痛苦如何消瘦
便如何容易更換一雙泥濘的新靴
若我們嘲笑這世界一絲不掛
何以決心杯盤狼藉？

星空下，重新定義一隻螞蟻
但學習不去定義另一隻

二〇一九年二月六日
《從容文學》第十九期，第十頁

空間習作之二

我願你也偷走鐵的鏽，灰網，舊日小船。雀聲啾啾，不再挽回月光的沉溺。你說窗之外雲之外記憶美德之外也有你。太多聞問，是我不必然星辰的墜落，呼喊純潔與憤怒的海檬果，海的複眼啊。浪的眉睫，肉身紅磚水泥屋若有所失，因為你。無非是防波堤和延伸的雨。酒窩，失蹤的罪過，笑。掩飾有聲的塵埃。塵埃落下來，數算愛，都是我活該。

二〇一九年三月五日
《從容文學》第二十期，第二十頁

祈夢記

以心為鏡，以夢為靈，感悟世事，點化世人。
——元始天尊

一階，走，不過一瞬
時間為我們打造額頭的炭墨
鹹或苦澀鱗的腐朽
結束一場鏽蝕的銀河

霧的質地伏流
清晨蜉蝣的心皆不可說

踏階，第四代人類

神話的繁衍積存與沉澱
踏一階，開啟
夢規律易碎一剎那孢子的漫遊——

經歷，如真如擬
像詩人獨自對空曠的池理解

不是迴音山谷，不是渺渺
已不是浮動的繫舟
掌紋再現，一次次
對我們說出答案

二〇一九年一月廿七日
《臺灣現代詩》第五十八期，第卅五頁

夢河無悔

謎語是信手拈來
雨一星期，慰藉我，風的氣調
（低首的天鵝斂翅，在滴中嘆息，交錯）

河岸線稍縱即逝
解釋指尖或一枚砂礫
以詩審美，錯估，我們的韻莫不白的灰的
（點點滴滴，彼此相互謙讓
打擾，成為擴散的漣漪……）

青山時常綠比如懲誡
以詩招罪，我又哀嘆時光太勤緊
只得開枝散葉散一個日子晨曦盛開
（聚你，未現自己，不如再愛一回）

這次你要擦去我的汗
輕微的可能，宇宙是你留下
證據——白色，就在霧成為霧之前

二〇一八年九月廿四日
《華文現代詩》第廿一期，第一二九頁

巴黎沒有你

沒有與蕭邦孚日野餐，沒有
王爾德濃縮咖啡舊單眼
沒有花神仿鐵塔鎖圈，安慰
像畫都是假的。如果櫻花盛放
承擔一切，為你開了這麼多隱喻
陽光下如何收拾
一份難說出口的決心

將你替代活了的春天
明媚而健壯。他們輪番上陣
一個個，瞥過笑過有時冷的
像摘下木框眼鏡熱的像撕去牛皮紙記事

於此，時間的臂膀想必是
色衰體壞般般為你已成雪了
到此為止。我將菸捲得像軟弱的詩
再次從抒情中活了過來
試著陪班雅明漫遊
學收納拱廊街，無事的下午不生事
不去忍那些壞的靈感

二〇一九年二月廿六日
《自由時報》副刊，二〇一九年七月廿二日

暫留

此日烏鴉恣鳴
就讓晨醒的鐘聲畫一道弧線
振翅飛起——
我的傾斜回到
一座山的隱藏，寺的正直

暫且保留紀念日
還原雲不過
漂浮，不過千萬滴水氣的聚合
還原雨，非悔悟的幡
我不過汗不過晴空輕喚的咒語

勾勒長亭的輪廓
與時俱變的日影
我遠望是善，湧上無名誠實的岸：
願那漣漪是小而非擴張
願那擬塑便現所有陰影的差異

回到顛撲不破的夢
回到反覆病或痊癒的床榻
我身珍貴，能計數人生虛妄的重量
如在水裡沉思
小心翼翼的呼吸
猶幻變著無盡世的面相

二〇一八年四月十四日
《金門文藝》第六十八期，第六十六頁

春暮憶聚一場

該斑斕的還是火燒雲
語言繁複，天空不確定為你
帶來合理，點點，不快樂的理由？
如果蠕動蟲一般的日子依舊高掛在窗邊

斑駁。能否我將憂愁次第點亮
躺在床邊，再摸不著散亂的譜
執迷琴鍵到誰臨？用音色寫沏茶的晚宴
寫一場永不散的離逝

慢嚐猶熱的春暮，暗紅色瑪德蓮
合理，點點，我卻終不成回憶的普魯斯特

二〇一八年五月十五日
《葡萄園詩刊》第二二二期，第七十六頁

空間習作之三

貓足撥弄地面的弦，時鐘零星克制，指針沒有碰傷自己。霉爛的長信，在牆上尋找合適讀者。克里斯的鬍鬚不解釋埋葬，失約，下午的負罪感。我的草寫字跡是無恙，吐著光，陌生倒數。決心驅使一組語詞，齊肩離開柏拉圖徒然良善的國度。

二〇一九年三月五日

《從容文學》第二十期，第二十頁

空間習作之四

眼睛撫摸葉芽，讀深讀淺，綠在酸味的春日遲疑，耐煩就不翻頁。練習會話眨眼睛，聯絡呼吸，揮不散我醜惡的雨。滴低滴低落，它不能淋濕一雙鞋，我的帆布老船長早已遺落在迷宮，只有預言是傾訴苦的家園。雲隙光的冷調飲，大寫小寫線條交錯，分數分數著野蠻，也許有你的夢。

二〇一九年三月六日

《從容文學》第廿一期，第廿七頁

屋檐下借你的耳尖

遠度時依幕，斜來如畏窗；向月光還盡，臨池影更雙。

——梁・紀少瑜〈詠月中飛螢詩〉

◆

一次次
留下你的名字
迴旋，我舞動漫天飛螢
承載你不墜的意念
索求我凝脂的身軀
世界毀滅前，狹小的書房內

在黑血中
我們湧動孵孕
來自天的七色琥珀

◆◆

可幸的，夜未腐爛
歲月的細足勾住欄杆
你聽——
沒有翅膀是乾枯的
斑駁的窗上勢必藏著
不能明白的什麼

以稚嫩的月光梳理我的毛
以狼的教養祭禱：
結束一個答案將斷似連的日子

我還有眼睛
還有倖存的軀殼
我快要憶起
自己屬於田野的孩子

◆◆◆

起：樂，風的慢動作
兜裹住邊際孤獨的悲傷
讓它成雙

探測皮膚
或丟棄的腑臟這次
我對流浪歌唱嗎？前往
貧窮或死亡你要
蹲下或高高低低的萌芽？

驟：風離我而去，著迷也推出去
末尾：撫觸夢，水的嬉戲，顫動的土壤
呼應羽毛或陰影輪廓——
那是我們新的家園

二〇一九年一月廿八日
《秋水詩刊》第一百八十期，第八十二頁

長崎乘TAXI向博多，路經佐賀

另一日，是天空灰舊
是上天任性的手反對離開
我肯定絕望中的希望
雲像米一般赤裸的存在

青田綠山墓碑黑瓦房
車窗恍惚，一列列時光
均勻咬出它們的輪廓
未風乾的故事蔓延一百五十公里多

揪深沉的默，我在心底
唱憂鬱的信仰還要唱

沿途雨仍鎖在天使翅膀的模樣
每一次呼吸，每一次無名的
醒悟。我們皆在獻身中
確實擁有那火與透徹的冷

誰播下隱藏的種籽
不日清晨的霧便搓揉出精緻的果實

二〇一八年七月八日
《吹鼓吹詩論壇三十五號》
人生拚輸贏——魯蛇／溫拿專輯，第一一七頁

車行至熊本已夜

沒有什麼現在正在死去，
今天的雲抄襲昨天的雲。
——瘂弦

夜色僕僕趕來，如果你是
最好的那一顆月亮
也不要換裳。只消：掩飾偶然
仍穿著筆挺制服，把問題都串接起來
如同窗玻流動的線條寫意
一滴雨不認識另一雨滴
我們刺骨地討論咖啡都冷了也沒留下結語

或者是週二不習慣週一
週三自我獨立，週四歡迎週五
螞蟻列行，週末仍依約前來
為你忙為你甜膩休憩
為你撰寫遙遠未果的人生

二〇一八年七月五日
《台客詩刊》第十五期，第五十五頁

錯覺

不曾矯正的錯覺裡
我的得意
是將自己跑成野火燎原

微雨中
一匹
左後足白的棕色馬

我選擇不去摘面具
選擇懺情，疲倦地踱步
不在霧中睡，數數字，確認地平線的光

一朵花，也有贖罪的時間嗎？

那些凹陷處或恐有奧義
如果捨下星星的我
終將明白
土壤不只一輩子的遠方
黑暗仍有他處的璀璨

平衡。我該遺忘你了
低首飲水，搖蕩蕩的夜空我祈求
下一枚
薄荷糖的重量

二〇一九年二月廿七日
《中華日報》副刊，二〇一九年九月廿八日

你還留在那裡

那一刻燉至軟爛的月色
都收攏了答案，我們光是坐著
就明白詩意是不斷咳嗽的窗玻璃
神祕隨風拂去
這座城市已找到最終歸處

時間為我們熱切說明
她奪去了陰鬱的天空，也奪去未完的
休假議決案、兩週植栽和菸癮

草坪的確有好了一些，雪則沒有
那僅不過是昨天發生的事

雨層雲不過虛張聲勢，彷彿
其實是我走了，你還留在那裡小憩
想著花也是冷豔的

一切似流星逝，我不明瞭
舊笑著，跑遠了，成為永別的一天
你站起身獨自向星期五走去

依此類推我該代替你去做個騷人
接寫每一隻蝴蝶：使遠山不是山
風鈴木仍黃，公園的孤獨獲得平反
倒影搖晃的都懷抱信仰
使快步的人看見了便深深懂得

二〇一八年四月五日

《WAVES生活潮藝文誌》二〇一九年春季號，第七十八頁

輯二 是不是餘溫未退

海市蜃樓緊接在我的困頓之後，顛倒，
匯聚，一場雨的革命該怎麼述說呢？

雨在我額頭上反抗

雨聲，不知何時
穿上夜的薄衫
似眷戀童年的窗口
一節節為我群聚
低怯交談，兌換銀質的沉默

雨在我額頭上反抗——
反抗著病，反抗話題結束
及時間成為藍，它不能錯漏的囹圄

用餘生剪去密密鐵絲
我願埋下顫動、細緻的悔

歷史由青春餵養
瓦礫中，以絲絲碎碎的月光
茁壯。日復一日，我掩著胸膛曝曬

擊打的指節：聚攏烏有的苦味
縱我肉身生疾，暫成不散的因緣
如今也值得祭奠

還要衷心感謝
是夜賜與我嬰兒般皎潔
琢磨哲學砂石，學懂光影呢喃
歉意的嘴由我在洶湧的暗林唱一曲
哀歌裡矜貴

二〇一九年二月廿三日
《聯合報》副刊，二〇二〇年三月十二日

空間習作之五

名字名字名字，始終是匱乏。黃昏的十四種變幻。我也在這裡。煙霞你不說，石階沉默，亮光簇擁著碑文，凹陷處填盡所有的話語。

大葉桉，風，掌紋的迴香。綠的告別在醞釀，不等問題就走回椅子上。低聲的心，觸啄，無聲的梧桐葉落。如何與你相遇？似是悟，覯日晷偏影。嶄新向前，我握住一把銳利的劍。

二〇一九年三月十日

《從容文學》第廿一期，第廿七頁

給大司命的歌

輕一點，再輕一點的吹吧
解事的風。知否？無始以來
那人已這兒悄然住心入定
是的，在這兒，水質的蓮胎之中。

——周夢蝶〈風荷〉

為了償還你
飄落凡間的絲帶
起風時的路，是擁抱
似劃破，雲沸騰或火一般的雨
我心是羔羊獻祭的血

濃度過高，一刻都沒有忘記屏凝
輕薄的氣息

我一生只不過笨拙
識認天空，憑藉掌蔓生的指枒
把猜測不盡的藍星
致送你

我該有玫瑰的熱病不癒
卻只得曇花一冷
確信時光炯炯的眼——

即興惆悵
為我展瓣耽美

注視我，如果你
從灰燼中說愛讓我

叨絮咳嗽嘔。遲疑或遺忘

我須無中生有

仔細道出悠蕩蕩累世的誓言

二〇一九年一月廿九日

《吹鼓吹詩論壇三十八號》

永以為好——紀念日／紀念物專輯，第一一〇頁

空間習作之六

飛燕草花開，我們飲無盡的節日酒，關閉夜墨的虛空。上天記錄這一切。回音回音，真偽不忌，替代遲遲未來的預言。這次誰當鬼呢？青斑蝶從星辰的墳墓，尋到我的坎兒上居住。飛揚的塵土沉澱。

換你，聽紙船漂流，綠長黃消瘦，我的心不滅。語詞聲響錚錚，空氣純粹的銀，那內緣刻寫著——自由。

二〇一九年三月十一日
《從容文學》第廿一期，第廿七頁

孿生

我時常與他攜手
跳雙人舞，用月光唱歇斯底里的歌
時不時，想街燈為我們
炫耀白襯衫上金燦的袖扣

有意無心，迴旋日子的偏執
吶喊有時多給一些
達布雅，達拉東，聲音繁複踏著步伐
影子有成熟偽裝。總是——
詩歌太淋漓，音韻張牙舞爪
而死亡坐在公園椅上
沉靜飲酒，設想孤獨與全球化議題

氣喘的夕陽，雨和雨滴落下之間
我們也曾學習躲藏
昨日的折磨已成鬱綠小徑
沿途找字，踟躕光影最合適的衣裳
一步步深邃的奧美
引領彼此踏向銀杏葉摩娑的墓園

回眸，和著節奏輕擊拓下
來生的憧憬，此世懺悔的色彩
終於虔誠
那是我們久違的新碑

二〇一八年十月廿七日
《創世紀詩雜誌》第一九八期，第一一五頁

魯蛇自白書

靈魂闇黑也曾擁有過
堅直的影，是的，我不否認——

肩膊壯且闊可以容納滿豔湖畔的煙花
那遮掩世界的黃昏我都記得
斑駁的時間對你，點點，我不說

軋軋作唱的骨骼若節奏分明
還能擊響月光，部分就讓它未完成
魅力像一首詩可能的留白

你要撥開懸鈴木的花瓣

昆蟲碎囓雨聲那樣
不斷，不斷輕撫悲傷的我
如伏於軟爛土壤，斟酌暗沼
盡頭盡懶理。我等著說要
和你，一起玩重複濕重的遊戲

二〇一八年八月卅一日
《吹鼓吹詩論壇三十五號》
人生拚輸贏——魯蛇／溫拿專輯，第六十六頁

空間習作之七

花香不知所措，百子蓮教我好，潔淨如昨，可是微悟在安撫？傷傷傷，美寫在葉纖細的手指。走過顫抖黑雨也寫我，夜流沙，跌倒在胸膛的墳上。風鈴和你，不思量，週三的夢裡兜兜轉，收拾時間剩餘的碗。

隱藏的月痕。

詩，已無謂盜竊；錯，默默轉身便過去了。犧牲前，我用殘骨點一支慶典的蠟燭。

二〇一九年三月廿一日

《從容文學》第廿三期，第卅七頁

天使們觀看你

有時你像鏡子，擅長收納床鋪的天空藍
像雲那樣奢侈。浪遊自己，接近水
無關自由卻更不安
彷彿那鏡面的晃動就是逐日
逐日形成虛構的包裹此刻
不得不卸下，卻誤入了一部中年告解電影
嚴肅冗長的台詞，每句話都是為你所寫
咀嚼爆米花，天使們觀看你：祈求童年不再平安

你躁惱著，發現
那祕密的地下甬道
原來不屬於你

二〇一八年十二月廿一日
《馬祖日報》副刊，二〇一九年十月廿四日

是的，又復活了

月色摩擦牆面
你動手揮就釋然的影子
狹小巷弄便熄滅了
寂寞的偌大身軀

多肉植物還歌唱呢
一時半刻，還不能停止它們的髒或嫩鮮

錯綜的迴廊顛躓著我們
啊生活混進餐館作個雪融的魔鬼與天使
臉色是鏽，落敗的美麗勾搭彼此
以鱗以翅去遮掩不住的淚滴

越使勁地吃喝越覺得
年輕不過一張從容無辜的嘴
直到月光也被飲盡
無路可走，我們就回到這裡

聚攏一些詞
標誌各自有過的消融
看罷窗外慘綠的人們
我們醒來

在夢裡仔細
盆栽裡圍困嶙峋

二〇一八年九月廿一日
《台客詩刊》第十六期，第一二一頁

齟齬

星期四。澀苦的雲
仿舊木刻紋
聚凝眉尖，已化為飛龍
一支
逸出的箭矢

向前，即使命定難解
我不怕它的暗勾
血淋淋的黑夜，如今腦海洶湧
是輪到哪個我把夢仗開？

走自以為是的迷宮

妄求一日回岸聽樓曲似幻
無限，像火燃燒開來
每一刻我搓揉橡實
——時間之果，謹慎的音符在其中斑剝

用哲學解剖
我不怕，感受痛的碎理論
找到出口。若我也有開花的複雜
觸摸錯誤，在求道的路上

逐一歸屬離析的自己

二〇一九年四月廿二日
《葡萄園詩刊》第二二三期，第七十六頁

離人

我已丟失眼和夢的鑰匙
步履緩慢，但懷抱著希冀
在無窮宇宙裡演繹

想起最後的寓所那是我
文字的河。是誰喚醒躍動的眼色？
如何進展謎樣的旅行？讓石頭依靠
以便我緊貼裂縫。靜默——

鳶尾蘭是答案，握住我的手
請在此駐紮，仔細聽，刺骨的歌謠
不屬於孤獨的血統

不在宿命找尋野蠻的聲響
也請敲擊我，領我捨凡入聖
在深沉的脈絡中問候
回到我唯一的國度

二〇一八年八月六日
《新大陸詩刊》第一七〇期，第廿二頁

空間習作之八

鴿子還沒來，陌生的三月責任算是年輕，昨日之書不可書。燒完的信，有水，墨色的瘀傷。剩下的時間拿去抽菸，排時光隊伍，皆是灰燼。鼻子低影看清心的潮汐，憂鬱旋轉，並重述星座的遺憾。離開離開光年，誰提醒了我：日子不過一只查特酒綠瘦瓶子，漣漪，或者女孩的淺吻。

再多一些：晨早輕易的碎，光之璀璨，呢喃，是不是你都適合觀看。

二〇一九年三月十六日
《從容文學》第廿三期，第卅七頁

幽居樂事

不知周之夢為胡蝶與？胡蝶之夢為周與？

——莊周〈齊物論〉

我醒。我睡
我在枝頭。我是指頭

花開。我習慣
荼蘼翅膀是一次次謎語
是塵煙軟香
筆尖蹣跚的滲透
靜打擾，還不能結束風的震盪

春天的疲乏裡
我要習慣原諒自己
用詩句緩慢用雲相對無言尋回
已被吞噬的一天

我要習慣花落
習慣浩瀚宇宙的下墜
在每日每時細微的死享受
遲疑無用是大用
渾沌，隨機流轉的

善。我且涉筆
變幻共振的哲學

晚安，蜜糖，你的未知
嬉戲期待一則初夏的晨光

二〇一九年一月廿五日
《秋水詩刊》第一百八十期，第八十一頁

#（無題）

除去剩餘溫度
的溫度，那灰色
不斷削弱
一個杯子沒有異動
時光，沒有召喚
以影子
隱去了笑

你不用說明白
我能理解水的冷豔
不過是人生
一次次不必直視的痲痹

你聽——
瀰漫雲的日子都已
開了窗，傳遞一支薔薇
沉默的眼色
好好精準想一件事

成為偶然
我走過微涼的雪融
要成為
泥濘，不經意地鋪展故事

讓它，終究是人生
屬於未完成

二〇一八年一月二日
《野薑花詩集》第廿八期，第一四〇頁

黃昏野餐

旗幟聯翩擺動
過去已像花園的黃花風鈴木
大的使人暈眩
小的織就細碎不安的暮色

無字的天地裡
四月的空曠是不可求的
我坐在草地，快樂屢屢融入
吐司上誤解歲月的花生果醬

那一道月光就快誕生
昨日它瓶口的缺陷

我曾撫觸。如今風染色，我獨自
等待春天默不作聲地過去

擦亮發疼的眼睛
起身。憑微光，我願裸足
沿街跳舞，回到我最後純淨的家

二〇一九年三月廿三日
《掌門詩刊》第七十五期，第一八二頁

一天——讀塔可夫斯基攝影集《Instant Light》

不是紀念日或生日，沒有犯
過敏症，沒有人留下畢業的淚
霧還不算接近。一天
如此平凡

（昨夜過了愉悅，我仍舊
不能懂得午後的艱辛
關於你……）

我願它縮小、凝結
成一滴雨
傲嬌地落下

走上永不停歇的旅程
或一顆珍珠
收藏在口袋，不經意
與另一天
相撞——
萬物，玲瑯作響

二〇一八年四月六日
《台港文學選刊》二〇一九年第一期

徒步

落羽松在風裡交談
靜默是水面素樸的節奏
重複思考水一般的清晨
波瀾不驚

收起夜的產物
貯藏月光為我撒落的碎片
確認每日的差異
些微些微

排列，寂寥的結構
能撫慰我；斷斷續續的

碎枝葉聲
踩著——日子，不過貌似沉著
隱匿。還有其他
大大小小的未知
包裹著

二〇一八年四月九日
《葡萄園詩刊》第二二〇期，第一六七頁

感謝

幸有雨，沒有賜予我機會
一座悔色彩的陽臺
與痛快無牽扯的濕衣服
用粗糙的時間顆粒摩擦我手臂
寫下一個個風動的日子

白鴿匿跡的路上我不知道
詩歌黯淡，只是春光日漸遠了
我更加不真實像一張輻射開來的地圖
哪兒都能去，哪兒都去不了

我身不留，亦不願想起

那是受難者的黃昏
我曾灌溉曾英雄
冒犯一朵朵明日之花
那樣無止盡地謬誤金邊雲彩的殊形
直到自己每一刻
都已披掛好黑色的霓裳

二〇一八年十月廿六日
《臺灣好報》西子灣副刊，二〇一九年三月八日

牧人

我常想起陽光
何其無辜，而自己
並不是。手指間的魅影之舞
仍舊渴望，時常驅動我
一廂情願地相信
毀壞著，建築，張揚或遮掩
思想喜怒無常是常
風吹了過來，紫花苜蓿還穩坐沙中
此刻，我是不比一隻柯利牧羊犬

再堅定地曬同一顆太陽
咀嚼相同一片草原

我能有幾輩子可以積累的從容

二〇一八年八月十四日

《更生日報》副刊，二〇一九年四月廿二日

輯二

盡頭。反芻遊戲的流體

雨淅瀝淅瀝，容許我錯的對的哀歌，
想像撒野。我還不能痊癒，除非知道
那些雨曾經旅行過你。

靠近

貓爪：秋末的細靜雲絮
隨梯子伸出手
生鏽的天空藉著光
咬你，疏淡的眉睫在窗外取暖

瘦了，你說
心瘦了的英雄日子與黃昏
還有太多糾纏的餓
思緒的毛線團都來不及

整理乾淨。我還是相信你
冒險緊跟你的夜

來臨不屬於宿命論
那是變奏樂曲，是我離不開
又不能握住的火——

死亡開始在月光裡說話
我們靈魂和星星一起
需求炎熱，無盡的黑暗裡
持續擾動一座花園

二〇一九年十月四日
《乾坤詩刊》第九十四期，第七十四頁

約定一個世界

世界還是慈愛的
它從不拒絕我的狐狸
在心顫動，死的對極裡
閃電般身軀堆積著善餓的血欲望的石頭

即使我忘卻
一條河的輕盈忘了它
冷冽根深蒂固如酒割裂喉嚨的午後
顧忌憂愁蔓生而你順理自己的毛
只記得那天美好是我不去
否定浮雲片片

沒有雪的時刻，狐狸
是不寫詩的。我用纍纍滿枝的櫻花
縱目草野，對你言不及義
不願就這樣一路走到喧鬧的夏天

守著一座發呆亭為我攬護
徹夜錯漏的寂靜

二〇一九年二月八日
《台客詩刊》第十九期，第一〇五頁

深濃海藍色

不是水的幾何
我想，不去過問向前或
往後推遲——
你就給我你的心

猜測，躲藏會
引發整個季節的熾燄嗎？
為何我企圖點燃
那火炬，準備
迎接一場化學實驗
我想知道裡面的存在物

打開，不斷地打開
即使複雜又草率的一片海
是你

我要持續觀看

二〇一九年七月十五日
《更生日報》副刊，二〇二〇年一月十七日

空間習作之九

時間是疲憊，我仍對塵埃藻色過敏，命運反覆反覆，我唸我的名字。沒有哪隻鯨豚背離，在午睡拔出刺。憶起你的微笑，一抹閃電，使我困約成終生人質。鞦韆電影，日記，魚鱗雲，不想雨著不存在的天涯。

海市蜃樓。

一點一點，從身體取出喧囂的煙火。

老，玩笑竟那麼難那麼難。

二〇一九年三月十七日
《從容文學》第廿三期，第卅七頁

鄰人

碎月光透窗的屋子
徘徊著剪影執拗對牆的臂膀刺青
其實，你早該睡了

像不斷腐爛的霉果
凡事你想得很壞：
黑落下前便恣意生長
雀鳥離去，仍輕易的渴
時間有大量流汗的身體

聞著天花板降落冷日子的歌
我的耳朵歡快書寫

勸告你胸膛，一切是上帝
指尖
菸灰的寫意
彷彿我也在過正常生活
拘束著，理治著，同情
必須讓一個完整傾斜的秋天
就這麼過去了

二〇一八年十月廿八日

任性的質感

謝謝你：那些詩的撫摸
來自折磨的問號減速
是我膚淺，在歸還人生前
努力不下百次的練習

任性的質感
我忘記品嚐過的事實
它持續發生，欲望，甚至我沉迷它
令人不解的
失去的溫度——

燃燒自己的枝椏

夢圍牆腐爛的樹下：焰火
星啊，在魔魅中湧現

我不阻斷那意圖
最後，我不能避免
向月色索取更新的手勢

二〇一九年六月十八日
《台客詩刊》第二十一期，第八十六頁

夢之歌：埃克羅厄斯的女兒

啊！你聽我傷口
心的蛛網縱橫肆張
風暴在唱歌：蠢動，在剝落
再復活——

海浪，殘缺，湧
時時變動著
白的黑的消的長的碎海浪

我不說謎語然而預言慨嘆
鱗片般重複又殘喘
霧起落，交替夢，你要循著光前進

勿聽人世顛石的迷惘

海浪，敏感，湧
時時變動著
永恆的瞬間的豐盈的虛空的碎海浪

絕美的音色裡
為了此刻：整好你的帆纜
我等待許久，深信傾斜的擁抱，輕撫夢
與真理你一塊泥壤無異

如果你是正確我的人
情欲交融的歌
便可在餘韻的跌撞中繾綣睡去

二〇一九年二月廿五日
《掌門詩刊》第七十五期，第一八一頁

廢墟

除了夢懸浮的都會掉落
窗瓦爛醉搭配一些霧是好的

雀斑的牆面青春無敵
回音再怎麼特殊也留給惡匍匐或繾綣

任聽一枚熟果蒂落
我尋求自我的形狀，雨的遮蔽

井照舊深不可測
靈感的魂沒有口袋可緘默

鬼的顛簸在此扶正
神的金箔沾惹灰塵
潔癖，逐漸適應世界對它的餽贈

二〇一九年五月一日
《秋水詩刊》第一八二期，第九十三頁

重返幻境一日
——欣賞Yoshimasa Tsuchiya雕塑作品

離開陽光，攤開白
我獨自犯夢——
仿若他磨刻的徒勞之功

雲消散落魄，鳥鳴疲倦生活
淡紫色山景裡仍有它心滿意足的石頭

醒來我試著明白
雪梅圖案的床被已不得
孵化，我不能挪動昨夜的月暈

還不是谷底的盲者
在永夜之前，我只觸擊鐵柵冰冷
念著痴傻該有的鏽
握住它映的藍都想起：
水，無時限，流動的哲學

燃。熾熱的刀炬也會
沉靜，隱蔽，惹出一座森林

點滴。打磨，串亮黑夜之聲
我要與他共騎一匹獨角馬
於瘖啞的天際，掛上
純潔的星鑽

二〇一九年五月廿一日
《野薑花詩集》第卌三期，第一二六頁

羽毛的男人不過

一顆懷念，失了神
一步又一步
我吞嚥石頭般的字眼

散步的幸福我不去堅持
兩隻赤裸的白翅膀而我要
美，我要圓潤飽滿的塵埃飛
沒有香味的四月
煩惱我讓它揮霍慢慢

不住地繁盛。世界開始是一座不滅的花園
撇過頭，五月的猶疑還是走近了我們——

羽毛的男人不過，與神暫時說好
留給我積極向上的季節
至少能為你保持緘默

二〇一九年四月廿九日
《野薑花詩刊》第卅一期，第一五一頁

留人

初雪惶遽落下，我想著你
和紛次跌跤的石板。陌生人
笑顏逐開，驟雨或雲的無端變化
歲月是日漸啞默了
只剩下年幼的蟬聲恣意醒響

黑色的黎明
鬱冷的山林路
我還不能忘記徘徊

不經意走進一條起了霧的大街
那時螞蟻成群經過

仔細排列
深怕我們來年給遺忘
乾淨了的讖言

二〇一八年十月十六日
《葡萄園詩刊》第二二一期，第一六六頁

捧在手裡的日子

◎紀念日

灰裂花瓶
香水百合喧嘩

離開它
不去解釋
如同無數黑暗過
又再度黑暗的夜

◎生日

哀傷的年紀是黃雨
時而龐大難擋
時而微小美麗

◎每一日

細心治療自己
懂得不追究原因
還原本質
深深睡去了

二〇一八年三月九日
《馬祖日報》副刊，二〇一九年六月廿六日

細節

述說克服所見
那不是象徵
手指關節衣領下的頸
蜷鬢角或
耳後新生細毛

細節噢我信仰這一切

我假裝是睡的
不能再更靠近你了
不要讓船隊撥開冷靜的晨霧

一輩子的航行
隱形，我輕信命運
賦予新的錯誤
次次穿過恥辱

我的供詞矛盾反覆
勉強驅趕活著的其他選項

二〇一九年六月十一日
《文創達人誌》第七十三期，第九十七頁

嫌疑犯自白書

一、塔羅牌師

【牌象顯示：命運之輪】

原地轉，轉動不停
你沒有看出來嗎？躲藏在雲裡
還沒散去，顯見、不可捉摸的
命運。那是機會，他獲得了自我的調整
我不會說那是灰黑的嗓音——

逆位的牌。噢！我不確定
你適合從別的角度去看它

二、宿舍室友

【牌象顯示：隱士】
他不是我曾走過的路
冬季還未醒來，雪已佈滿了高地

淩淩，你聽那些冷的訊息
當鐘聲不再是蝴蝶的翅膀
他曾借過我的右手
寫一道日出，如今真理之燈
卻還點著，或許夢的森林還能前往

三、前女友
【牌象顯示：懸吊者】
一部分不確定的病症
如果他，在我隱微的膏肓之間
寧為錯身的彗星，我偏離航道
遠眼了，更天際了盲的

一點刺。並不否認
我仍清楚計算巡迴的週期
並有個長存的隕石坑其實專屬於他

二〇一八年六月二十一日
《吹鼓吹詩論壇三十四號》推理詩專輯，第卅一頁

晨光風景

點滴。秀，夢的餘波
你不想你不能忽視它指尖的觸摸

週四的不潔向下仍淤積
淤積著軟爛黑澀恐懼的物質群
如髮絲纏稠如滾動不能分別的宇宙星塵

日子在危欄之間
是菁葖果，那綠的心思緒
從旁竄出。彷彿確認已埋下的
是我和我狂醉的暗影——

刺透了的晨，冷光
混合紫嘯鶇的歌唱
於窗的明白
之外

持續地圍造風景

二〇一九年五月三十日
《從容文學》第十九期，第十頁

暗岩藍

躺臥草地，我倉皇的夜空
流轉著。星座群數算靈魂的一份子

連線，草寫從第一筆開始
手指不知終止。山丘與我的暈病症相互渦旋

雲絮集水桫欏與蚌殼蕨
寫貓的狗的晴朗天空動物園

願可愛原始的白日夢
繼續錯覺我，如同一而再三的鐘聲——

揭開夏的步伐。不能退縮
我要伸展草葉再次柔情的日子

二〇一九年七月九日
《乾坤詩刊》第九十二期，第八十頁

空間習作之十

樞機紅，扶桑，苦的臉龐都暗下來。盡頭已過，不能割捨的腐朽攀爬春天，讓它動手揮就不安的刺點。我們還無法穿越，各自誕生的嬰孩與歡快有關。

虛擬的鐘擺。鐘擺。擺。

風吹時我不能相信眼睛，如果你耳朵也缺乏鍛鍊。讓疊著堆著隱藏的波浪，未變色的錦鯉，細細描繪泡沫耀動的窗。

二〇一九年四月一日

《從容文學》第廿三期，第卅八頁

輯四　複數心的依據

祈禱來世，雨林改變它的序列，
在一條弦上，蝸居茂密的詞彙。

之前

在梁鏽生成前落下在腎蕨
更綠前落下在夏季離開座位之前
雨落下。潔淨或髒污怎麼說
人，都還是無關緊要的

你從這裡結束
（屋簷或傾斜的堅毅雙肩
也有它雙關的詩意）
你從這裡歸零開始
（落葉滿階或花園紛紛的腳印
方向是離開，還是才剛走進？）

結纍纍的果。你在中間
在側邊規劃自己，形成另一個原因
故事的透點總大過暗示
如同街燈已滅，洋燕穿梭
不介意姓名的金盞花叢

試著釋放，走入街道
雨落下前他們已多給你些什麼

二〇一九年六月十九日

檸檬綢色

如果有一杯窗外白的漏光
清晰給了我，夜的軀殼
沿線螞蟻群爬行

飢渴的星空
是怎樣躲藏畫好幾何格子
每個思考的夢安放櫃中
各具療效，濃郁香醇

即使我還不知道
如何成為遼闊均勻的景

再半杯影子
分給我的胸膛，不能忘卻
憂鬱在黑暗裡滾上雲絮
成為鹿。獨自醉
伸長脖子——

打開一格
咀嚼狼尾草，是凌晨分裂碎片
我想黎明。我想記得
自己真實活過的樣子

二〇一九年六月廿三日
《葡萄園詩刊》第二二四期，第一〇四頁

為我守護

傷害還沒削好皮還沒褪去
鏽蝕的檸檬月色。火燄般的雲沿梯
早已爬下，陪我，一同扶住
紅色小屋的帽緣

莓果仍甜仍酸楚
它們繁複地生長
無關善行與睡眠的多寡
在柵欄裡我決定活，決定把自己活成一個
雙腳僵直了仍虔心祝禱的木頭

就連窗外路燈上的隱形雀鳥

一隻隻，都有我不能揮別的眼神
牠反覆唱啼：「回家回家
仍要攜帶禮品，自浩瀚的銀河回家。」

你會保佑我嗎？如不見
那些犧牲太年輕，還怕風吹雨淋
他們只用粗陋的身軀去餵養
一次又一次的黑夜
月亮漂浮上來。再複唱——

一曲。終於明白是我
僅存的一顆豆獨守著土壤
不願讓豐收發生

二〇一九年五月廿六日
《野薑花詩刊》第卅二期，第一二四頁

庚斯博羅灰色

還沒下雨，雲煽動自由
你有限制或發展的決定性
權利寫在第二頁第十七行

灰一邊映照
你的蕪，一邊徒勞著
進行日記摺紙

有人離開塗鴉牆
有人錯過戳印
沒有人理會那些軟質感——

寡言的灰，逐漸
逐漸向肩膀靠近

解開身上纏繞的結
風響了，夏天寫一切的
重新開始

你與陌生一齊聽九重葛唱歌

二〇一九年七月九日
《秋水詩刊》第一八一期，第八十二頁

夜降臨之後

把手伸出去皺紋刻著勇氣
不如凝望紫色鳶尾花——

它們斂翅棲息於鐵窗之外
安靜躲過暴雨接住一顆顆渺小的春天

時間啊滾動的夢我關顧的砂礫
撫住挫折的面具你不要默默流走

誰折下藍格線記事
任憑整夜吉他響

滿室竟驅不走星辰
為我數出一頁頁狗吠的日子

輕彈憂鬱的歌手西裝筆挺
在裂痕的天空不斷彎曲他走的道路

泥濘下的我
眉尖綻放一朵佝僂又昂揚的花

二〇一九年四月廿七日
《野薑花詩集》第三十期，第一四三頁

愛麗絲藍色

灰一點
一點漂流上岸
漫漫我走進隊伍

炎夏還沒下筆
我便是懂得了天空
盡是浮誇不好惹的暮色

你徒然寫白鴿的飛翔
寫自由寫鐘聲穿越了母親
寫冉冉炊煙多年沒有實現的日夢

薰黑的逐漸模糊的臉
我終究可以慈善，染上顏彩
餵養貧瘠的日子至飽滿

你和那些瘸腿的孩子們
流汗跳舞，決定為還沒綻放的玫瑰
勇敢一輩子

拉直百轉千迴的路
累世數不清纏繞的夢
在你回到家之前——

我已用汗水鋪寫新的音階

二〇一九年七月廿九日
《葡萄園詩刊》第二二四期，第一〇五頁

炎夏靜觀夜空

張開時針分針
拘泥的手指我想
努力會是種缺憾嗎？
想以全身的血脈與神話
去留住
梵谷的星空

一個忘我懷舊的
忘記我曾暈熱的
藝術感碎片式的南法夏天
我殘存的情懷不過是

保有一顆
燃燒的心臟藍著火跳著
舞炙著餤。如果傷口還有空隙
泡沫，我還能呼吸——

嘴裡說：我多像月光
若在每晚愛你
去看，痴迷的理由就是
關顧幽靜的絕望

二〇一九年八月九日
《華文現代詩》第廿三期，第一三三頁

想念書

試著正確的撫慰我
一片枯黃水杉葉，低沉沙啞
遙想著：生命的河流路途顛簸
未曾旅行的國家還有許多
我承認不忍中斷
信仰、愛和無止盡的天啟

不足的想望的隱喻皆已落幕
季節已敲響最後的鐘聲

祢賜給我
拘謹的一雙手，溫暖而沉默

每一刻迎接細微精緻的死。我願稱它做——
意志的天使

二〇一九年八月十二日
《文創達人誌》第七十三期，第九十八頁

與我一起旅行

快要穿出隧道了
烏雲難免是陰暗的遐想
你不必害怕，與我
一起無所事事即是好的海灘

向月臺彩繪致敬假日仍以工作為樂
原諒我們以陽性的人稱說話
驛站旅行寫私密日記
蒐集同種蝴蝶尋找石頭的氣味
苦楝樹招手，波斯菊親吻
我們習慣以陰性的人稱說話

快要穿出隧道了，那陽光
普遍照耀我們的玻璃窗沒有差別
像還沒落車的旅客聆聽廣播
勇敢前往下一站

二〇一九年九月十七日
《吹鼓吹詩論壇三十九號》
心象——最美風景／私房書店專輯，第五十三頁

適合舊日子

他在電影裡吹雪
字的綠窗剛健
古樸，舉手的白袖
悄聲飄逸

緬梔原諒我的膚淺
即使它久佇不語躲進了月光

我生苔蘚的石
未得悟仍阻於半途
雲一般的隨想
自己是適合舊日子

池冷卻的波紋與動盪

我願流動，放棄
理想的珍珠再次重返人間
化一隻錦鯉鱗黃腹紅

搖扇，詩不願再改
只能看他負劍離開
靜靜長髮。去遭遇一個
越遠越錯的冬天

二〇一九年八月八日
《更生日報》副刊，二〇二〇年七月十三日

空間習作之十一

痴，醞釀之莖，災難的花香。夜行性動物我，病症反覆發作變成尖刺。陷入黑洞，無毒的人質，我硬往日子裡不斷刺進去。

嘶嘶嘶。秀氣森林，每時饑渴的欲流動。

二十年紙天燈，不夠我保證夠恐懼，仍迎風學寫字，裹冬衣化一頭低首飲水的獨角獸。輪廓線模糊，仰起，盡是無明之魅危繞。

二〇一九年八月十五日
《從容文學》第廿三期，第卅八頁

空間習作之十二

短髮的你，應說話，質疑色彩是壞發條扭曲的音樂鐘。可是你沒有我沒有。

邀微笑。白色薄新衫，不免迷路。

如果有翅膀的話——

不覺夢是窈窕，翩然到臨與遠逝。現實才是破碎的碗，點滴滴，我接滿漏夜壁虎的鳴聲。啊孤獨的火山灰，沙灘，花束符號貼圖。究竟鬼生夜闌，詩寫不盡人間疤痕？

二〇一九年八月十五日

《從容文學》第廿三期，第卅八頁

還沒真正開始

白髮的月光消失了
隱蔽跳舞的影子消失了
留下牆和巴士站牌

回顧我，破損的記憶及故事
像病或者塵埃的質地，已留給
洛夫哲學的黃昏

帶走。遠處的燈火點亮
我的呼吸——

揮別一瞬的靈光

你聽敲門聲：是歲月的變奏啊
原在幽暗處咳嗽。提醒
我與它是同年的鳥獸

縱橫交錯的莽地，這次
該如何穿行？

二〇一九年八月十一日
《世界日報》副刊，二〇一九年十一月廿三日

敘舊

舊的就是好的
疲憊，皺紋紙般，你也萬分熟悉了自己
像頭牛陷入深褐色沙發
大家都已來到包廂

自深谷的彼端遞來
我是尖，銳利的高音，山稜線
抵抗日常。你可以坐下
成為那紅蟹刻在鋼製的心版，撥動
發條音樂鐘。夢遊已到盡頭
你不能再尋舟，往裡面去——

行至寒武紀的天花板
感謝那頓點，埋藏好橈骨與尺骨
要不要為彼此
留下惆悵的一首歌？

二〇一九年六月廿一日

緘默

靜靜看灰燼
飄散——
像你遠去了沒有妥善道別的時間

我要醒著，笑著骯髒
設置謎，在曲折的痛楚裡理解
有一千句回答是雜亂無章的

不能撼動宇宙星塵
在那之後：我只能一而再，再而三
堆疊著殘骸，那命運的籌碼

美的觸知，創造嶄新軀體
我會從炙焰中熬過來
即使枯竭、倒立，即使我在菩提樹下

不願再做一個詩人

二〇一八年八月廿一日
《華文現代詩》第十九期，第一二五頁

附錄
夢境的千葉繁花

廖育正（韓山師範學院新聞傳播學系副教授）

※

我打完籃球，滿身汗，待在陳威宏的座位上。

我坐著他的椅子，看著他整齊的桌面，整齊的筆盒，裡頭擺滿了各種顏色的中性筆。我知道陳威宏就是用這些筆，給我的考卷改二十五或三十分，每次都改得很漂亮。

陳威宏向我走來。

我知道，他將對我說一些「快要上課了」之類的話。

他從不疾言厲色。我也不會死賴著他的座位。

我起身走開。

我可能一邊走開一邊說了幾句沒什麼正確語意的話。

而他總是從容回答。

※

陳威宏是很文雅的，在我的印象中，從未見他任何暴躁或凌亂。從詩中可見他營造意境及辭彙之美，有時抒情喟嘆，有時自我鼓舞，有時無奈感傷。他善於召喚一些意象叢，或者說意象叢漸漸自行增長；不論追憶或追悔，一概隱於某條邊線之下。那些消隱並不來自修辭或文法，或許源於書寫之初就決定好的設防。

會不會這就是陳威宏詩的質地呢？他性喜和平崇尚美麗，他的述說，真摯感性多年如一，好像舞台燈暗的獨白，觀眾隱約可以看見場景轉換。或者這樣述說的目的，為的是改變焦距。又或者，那樣的焦距改變，求的是更自由的表述，更無憂的滑翔。說得越多，越讓讀者凝視未被指明的線索。他筆下是千葉繁花，層層織錦在背景的柔焦上。

三本詩集的出版，如同發散信號，朝向他方的接收站。他沉吟低迴，透過不斷回航夢境，描繪出富有個人情懷的風景。那些風景並非奇山異水，但寄託著他的理想與愛戀，也是對夢境的再次夢想。較之先前的作品，陳威宏表達著晦暗的感受，各種意象的布置與用語的借代，依然展現他一貫組織情思的格式。

※

已經想不起和陳威宏聊了些什麼。

躁動的青春的教室，彈跳的籃球與鼓棒，此起彼落的噪音，彷彿都干擾不了他。

從我的角度望過去，陳威宏仍在座位上聽歌，低頭寫字，畫畫，安靜而篤定。

各種事情發生，各種景色轉變，各種印象成為回憶，在這些詩裡，我猶能辨認記憶中那個斯文從容的心靈。

二〇二〇年六月廿七日

後記

關於貓的種種

從窗口看出去，是隔著一條小巷不過二樓高的矮房，屋頂覆蓋灰色波浪石棉瓦。只要下午晴朗，便有一隻黑白乳牛花紋貓爬上石棉瓦頂，漫步至牠滿意的老位子，躺下，恣意腆著白毛肚，獨自享受暖陽斜照。偶爾也會有另一隻褐黑雜色貓前來，或與花貓低聲竊語或不交流，各自尋個角落靜歇，好不愜意。

這是我還住在萬隆公寓三樓時的私房景點。搬至大坪林高樓層大廈當時，我沒說出口，此是最不能割捨者。

結婚後，我與妻搬至離爸媽家十分鐘路程的社區。雖居於三樓，卻與鄰戶隔不到數公尺，只能說為了取它寧靜小巷感，有些事不得不割捨，結果聊天聲嬰孩哭鬧聲做愛聲皆不可避，十足世道修煉。社區旁是中午過後就收攤的菜市場，買菜買肉買魚貝海鮮包子饅頭麵條水果一應俱全。食物既多，鼠輩自是不可免的。因而可慶之景，便是途經市場的回家路上，有咪喵聲不斷的野貓們迎接。那些嬌聲示好，因總有人帶罐頭或魚來餵食，或誤以為被豢養而柔弱。實際上偶有老鼠竄過，貓便野性頓現，立刻奔逐而去，宛如老虎獵豹。

天冷時，貓就臥於魚販的木質砧板上，雜色毛團蜷曲不動如山，萬般可愛。想來不僅木頭比地面溫暖，也是魚味海味令貓嚮往如夢甜香。我出門上班時，偶見鼠崽四腳朝天仰躺於路上，就連貓都不願一瞥，便可知是社區消毒隔天。原先令人驚恐厭惡的小生命，使人油生蜉蝣命賤之感，只能唸句阿彌陀佛求轉來世好活了。

那些改變如何調解適應？出版《我愛憂美的睡眠》後，我曾擔憂自己再也寫不出作品。如今《獨角的誕生》印行，內容超過一百頁，字數也超過一萬字，我告訴自己應可稍稍卸下一點焦慮感。然而整體來說，作品質感好嗎？是否達到原先設定目標？我不能平心而論，只能繼續寫下去。

寫好或壞，已不是我能在乎的，只能確認自己還在創作狀態裡，那就好了。

較先前最胖時，我已減去將近十公斤體重。可能是培養起跑步習慣，或許是服藥或不定時茹素或低澱粉，總之不再是失心狂食者。不再是原先那個人的結論，保留多少改變多少，只得待日後才能公正斷定。

有時多愁善感恣意飛騰，我不能不任性；唯有寫作的企圖，可使我恢復理智之舉。感謝秀威資訊再次助我完成夢想。感謝為我撰寫推薦序的李瑞騰老師、胡爾泰教授。感謝諸多前輩與文友：時晴、馬主編、崎雲、哲佑、魚店長、育正，以及鍾文音老師。大家在忙碌工作、寫作之餘，還要抽空為我撰寫推薦語，千言萬語實是感激。感謝總鼓勵我在寫作路上前進，我的最佳夥伴——詩人劉曉頤。

夢之三部曲《獨角的誕生》付梓之際，我仍持續動筆。陸續寫來，將收錄在四部曲的作品竟已超過五十首，感謝詩的靈感一直與我相伴。夢偶爾會回來找我，只是不甚完整，轉夢不斷。此刻虔心祈禱，任何訊息我願謙卑領受。

二〇二〇年七月一日

讀詩人140　PG2465

獨角的誕生

作　　者　陳威宏
責任編輯　許乃文
圖文排版　陳秋霞
封面設計　蔡瑋筠

出版策劃　釀出版
製作發行　秀威資訊科技股份有限公司
114 台北市內湖區瑞光路76巷65號1樓
電話：+886-2-2796-3638　傳真：+886-2-2796-1377
服務信箱：service@showwe.com.tw
http://www.showwe.com.tw
郵政劃撥　19563868　戶名：秀威資訊科技股份有限公司
展售門市　國家書店【松江門市】
104 台北市中山區松江路209號1樓
電話：+886-2-2518-0207　傳真：+886-2-2518-0778
網路訂購　秀威網路書店：https://store.showwe.tw
國家網路書店：https://www.govbooks.com.tw
法律顧問　毛國樑　律師
總 經 銷　聯合發行股份有限公司
231新北市新店區寶橋路235巷6弄6號4F
電話：+886-2-2917-8022　傳真：+886-2-2915-6275

出版日期　2020年12月　BOD一版
定　　價　250元

國家圖書館出版品預行編目

獨角的誕生 / 陳威宏著. -- 一版. -- 臺北市 :
釀出版, 2020.12
面 ;　公分. -- (讀詩人 ; 140)
BOD版
ISBN 978-986-445-433-4(平裝)

863.51　　109019075

讀者回函卡

感謝您購買本書，為提升服務品質，請填妥以下資料，將讀者回函卡直接寄回或傳真本公司，收到您的寶貴意見後，我們會收藏記錄及檢討，謝謝！如您需要了解本公司最新出版書目、購書優惠或企劃活動，歡迎您上網查詢或下載相關資料：http:// www.showwe.com.tw

您購買的書名：________________________________

出生日期：________年________月________日

學歷：□高中（含）以下　□大專　□研究所（含）以上

職業：□製造業　□金融業　□資訊業　□軍警　□傳播業　□自由業

□服務業　□公務員　□教職　□學生　□家管　□其它_____

購書地點：□網路書店　□實體書店　□書展　□郵購　□贈閱　□其他

您從何得知本書的消息？

□網路書店　□實體書店　□網路搜尋　□電子報　□書訊　□雜誌

□傳播媒體　□親友推薦　□網站推薦　□部落格　□其他__________

您對本書的評價：（請填代號　1.非常滿意　2.滿意　3.尚可　4.再改進）

封面設計____　版面編排____　內容____　文／譯筆____　價格____

讀完書後您覺得：

□很有收穫　□有收穫　□收穫不多　□沒收穫

對我們的建議：________________________________

____

____

____

請貼
郵票

11466
台北市內湖區瑞光路 76 巷 65 號 1 樓

秀威資訊科技股份有限公司　　收

BOD 數位出版事業部

....

（請沿線對折寄回，謝謝！）

姓　　名：＿＿＿＿＿＿＿＿　年齡：＿＿＿＿　性別：□女　□男

郵遞區號：□□□□□

地　　址：＿＿＿＿＿＿＿＿＿＿＿＿＿＿＿＿＿＿

聯絡電話：(日)＿＿＿＿＿＿＿＿ (夜)＿＿＿＿＿＿＿＿

E-mail：＿＿＿＿＿＿＿＿＿＿＿＿＿＿＿＿＿＿